화 김환기

樹話 金煥基
1913-1974

자화상_김환기

1913년 2월 27일 전남 신안군 기좌도에서 태어났다. 도쿄 니혼대학 예술과에서 공부했고, 1937년 첫 개인전을 시작으로 25회의 개인전을 열었다. 서울대학교와 홍익대학교 교수를 지냈고, 1956년 파리로 건너가 〈매화와 항아리〉 〈사슴〉 〈영원한 것들〉 등 한국적인 정서와 조형성을 심화해 나갔다. 1963년 상파울루 비엔날레에서 명예상을 수상한 뒤 뉴욕에 정착해 다양한 조형 실험을 이어갔다. 1970년 이후 대형 점화 작업에 몰두, 제1회 한국미술대상전 수상작 〈어디서 무엇이 되어 다시 만나랴〉와 〈유니버스〉 등을 남겼다. 1974년 7월 25일 뉴욕에서 별세했다.

그/림/이/있/는

국화 옆에서

국화 옆에서

서정주 시 · 김환기 그림

은행나무

일러두기

1 이 시화집은 『서정주시선』(정음사, 1956) 출간 70주년 기념으로
　동국대학교 미당연구소와 환기미술관이 함께 기획했다.
2 그림은 수화 김환기의 작품에서 시의 정서에 맞게 선별했다.
3 『서정주문학전집』(일지사, 1972)을 참고해 시집 제목을 『국화 옆에서』로 붙였다.
4 차례와 표기는 『미당 서정주 전집』(은행나무, 2015)을 따랐다.
5 부록으로 미당의 산문 「수화 김환기」를 수록했다.

시인의 말

　여기 전저前著 『화사집』, 『귀촉도』에서 선한 것 26편과 『귀촉도』 이후의 작품 20편을 합해서 『서정주시선』이라 이름했다. 이렇게 추려 놓았어도 무엇이 많이 모자라는 것 같아, 그저 마음이 후련찮을 따름이다.
　살아 있는 동안 계속해 애써 보겠다.

1956년 11월 2일

차례

시인의 말

화사집 화사　　　　　　　　　　12

문둥이　　　　　　　　16

대낮　　　　　　　　　18

맥하　　　　　　　　　19

입맞춤　　　　　　　　20

수대동 시　　　　　　22

봄　　　　　　　　　　24

정오의 언덕에서　　　27

고을나의 딸　　　　　28

바다　　　　　　　　　30

서풍부　　　　　　　　34

부활　　　　　　　　　37

귀촉도 밀어 40

거북이에게 42

무제(여기는 어쩌면…) 46

꽃 49

견우의 노래 50

석굴암 관세음의 노래 52

골목 56

귀촉도 58

목화 60

푸르른 날 62

소곡 63

행진곡 64

민들레꽃 66

만주에서 67

**국화
옆에서**

무등을 보며   70

학   74

국화 옆에서   77

아지랑이   78

신록   80

추천사   83

다시 밝은 날에   86

춘향유문   88

나의 시   91

풀리는 한강가에서   92

내리는 눈발 속에서는   94

광화문   97

입춘 가까운 날   101

2월 102

꽃 피는 것 기특해라 103

무제(오늘 제일 기쁜 것은⋯) 104

기도 1 106

기도 2 108

상리과원 110

산하일지초 114

산문 | 수화 김환기 119

시의 그림들 129

화사집

화사花蛇

사향麝香 박하薄荷의 뒤안길이다.
아름다운 배암……
을마나 크다란 슬픔으로 태여났기에, 저리도 징그라운 몸뚱아
리냐

꽃다님 같다.

너의 할아버지가 이브를 꼬여내든 달변의 혓바닥이
소리 잃은 채 낼룽그리는 붉은 아가리로
푸른 하눌이다. ……물어뜯어라. 원통히 물어뜯어,

달아나거라. 저놈의 대가리!

돌팔매를 쏘면서, 쏘면서, 사향 방촛길 저놈의 뒤를 따르는 것은
우리 할아버지의 안해가 이브라서 그러는 게 아니라
석유 먹은 듯…… 석유 먹은 듯…… 가쁜 숨결이야

바늘에 꼬어 두를까 부다. 꽃다님보단도 아름다운 빛……

크레오파트라의 피 먹은 양 붉게 타오르는
고은 입설이다…… 스며라! 배암.

우리 순네는 스물 난 색시, 고양이같이 고은 입설……
스며라! 배암.

문둥이

해와 하늘빛이
문둥이는 서러워

보리밭에 달 뜨면
애기 하나 먹고

꽃처럼 붉은 울음을 밤새 울었다

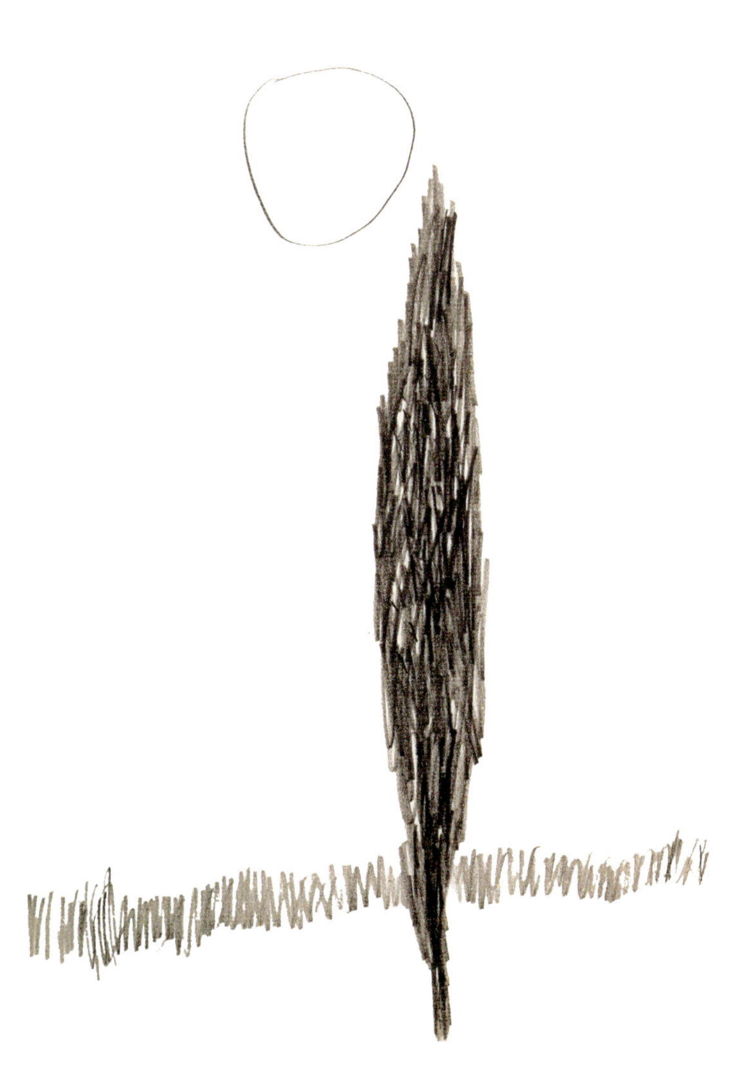

대낮

따서 먹으면 자는 듯이 죽는다는
붉은 꽃밭 새이 길이 있어

핫슈 먹은 듯 취해 나자빠진
능구렝이 같은 등어릿길로,
님은 달아나며 나를 부르고……

강한 향기로 흐르는 코피
두 손에 받으며 나는 쫓느니

밤처럼 고요한 끓는 대낮에
우리 둘이는 왼몸이 달어……

맥하麥夏

황토 담 너머 돌개울이 타
죄 있을 듯 보리 누른 더위―
날카론 왜낫 시렁 우에 걸어 놓고
오매는 몰래 어디로 갔나

바윗속 산되야지 식 식 어리며
피 흘리고 간 두럭길 두럭길에
붉은 옷 닙은 문둥이가 울어

땅에 누어서 배암 같은 계집은
땀 흘려 땀 흘려
어지러운 나―ㄹ 엎드리었다.

입맞춤

가시내두 가시내두 가시내두 가시내두
콩밭 속으로만 자꾸 달아나고
울타리는 마구 자빠트려 놓고
오라고 오라고 오라고만 그러면

사랑 사랑의 석류꽃 낭기 낭기
하누바람이랑 별이 모다 웃습네요
풋풋한 산노루 떼 언덕마닥 한 마리씩
개구리는 개구리와 머구리는 머구리와

굽이 강물은 서천西天으로 흘러나려……

땅에 긴긴 입맞춤은 오오 몸서리친,
쑥니풀 질근질근 이빨이 히허옇게
짐승스런 웃음은 달더라 달더라 울음같이 달더라.

수대동水帶洞 시

흰 무명옷 갈아입고 난 마음

싸늘한 돌담에 기대어 서면

사뭇 숫스러워지는 생각, 고구려에 사는 듯

아스럼 눈 감었든 내 넋의 시골

별 생겨나듯 돌아오는 사투리.

등잔불 벌써 키여지는데……

오랫동안 나는 잘못 살었구나.

샤알 보오드레-르처럼 섧고 괴로운 서울 여자를

아조 아조 인제는 잊어버려,

선왕산 그늘 수대동 14번지

장수강 뻘밭에 소금 구어 먹든

증조할아버지 적 흙으로 지은 집

오매는 남보단 조개를 잘 줍고

아버지는 등짐 설흔 말 졌느니

여기는 바로 십 년 전 옛날

초록 저고리 닙었든 금녀, 꽃가시 비녀 하야 웃든 삼월의

금녀, 나와 둘이 있든 곳.

머잖어 봄은 다시 오리니
금녀 동생을 나는 얻으리
눈섭이 검은 금녀 동생
얻어선 새로 수대동 살리.

봄

복사꽃 피고, 복사꽃 지고, 뱀이 눈 뜨고,
초록 제비 묻혀 오는 하늬바람 우에 혼령
있는 하눌이여. 피가 잘 돌아…… 아무 병
도 없으면 가시내야. 슬픈 일 좀 슬픈 일 좀,
있어야겠다.

정오의 언덕에서

향기로운 산 우에 노루와 적은 사슴같이 있을지니라.— 아가雅歌

보지 마라 너 눈물 어린 눈으로는……
소란한 홍소哄笑의 정오 천심天心에
다붙은 내 입설의 피묻은 입맞춤과
무한 욕망의 그윽한 이 전율을……

아― 어찌 참을 것이냐!
슬픈 이는 모다 파촉巴蜀으로 갔어도,
윙윙그리는 불벌의 떼를
꿀과 함께 나는 가슴으로 먹었노라.

시악씨야 나는 아름답구나

내 살결은 수피樹皮의 검은빛
황금 태양을 머리에 달고

몰약沒藥 사향麝香의 훈훈한 이 꽃자리
내 숫사슴의 춤추며 뛰어가자

웃음 웃는 짐승, 짐승 속으로.

고을나高乙那의 딸

문득 면전에 웃음소리 있기에
취안醉眼을 들어 보니, 거기
오색 산호초에 묻혀 있는 낭자娘子

물에서 나옵니까.

머리카락이라든지 콧구멍이라든지 콧구멍이라든지
바다에 떠 보이면 아름다우렷다.

석벽石壁 야생의 석류꽃 열매 알알
입설이 저…… 잇발이 저……

낭자의 이름을 무에라고 부릅니까.

그늘이기에 손목을 잡었드니
몰라요. 몰라요. 몰라요. 몰라요.

눈이 항만 하야 언덕으로 뛰어가며
혼자면 보리누름 노래 불러 사라진다.

바다

귀 기울여도 있는 것은 역시 바다와 나뿐.
밀려왔다 밀려가는 무수한 물결 우에 무수한 밤이 왕래하나
길은 항시 어데나 있고, 길은 결국 아무 데도 없다.

아— 반딧불만 한 등불 하나도 없이
울음에 젖은 얼굴을 온전한 어둠 속에 숨기어 가지고…… 너는,
무언의 해심海心에 홀로 타오르는
한낱 꽃 같은 심장으로 침몰하라.

아— 스스로히 푸르른 정열에 넘쳐
둥그런 하늘을 이고 웅얼거리는 바다, 바다의 깊이 우에
네 구멍 뚫린 피리를 불고…… 청년아.

애비를 잊어버려
에미를 잊어버려
형제와 친척과 동무를 잊어버려,
마지막 네 계집을 잊어버려,

아라스카로 가라 아니 아라비아로 가라 아니 아메리카로 가라
아니 아프리카로 가라 아니 침몰하라. 침몰하라. 침몰하라!

오— 어지러운 심장의 무게 우에 풀잎처럼 흩날리는 머리칼을
달고
이리도 괴로운 나는 어찌 끝끝내 바다에 그득해야 하는가.

눈 떠라. 사랑하는 눈을 떠라…… 청년아,
산 바다의 어느 동서남북으로도
밤과 피에 젖은 국토가 있다.

아라스카로 가라!
아라비아로 가라!
아메리카로 가라!
아프리카로 가라!

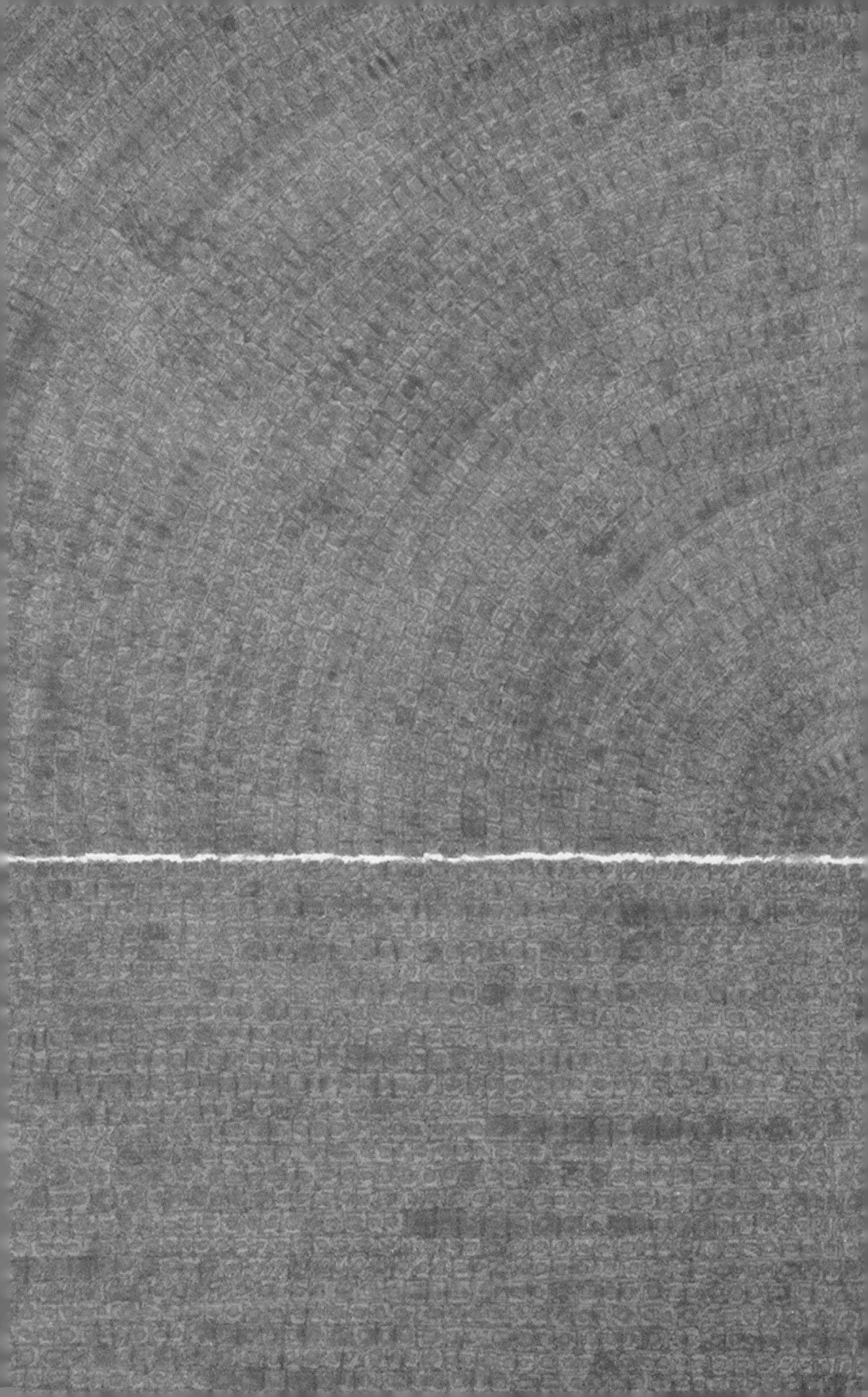

서풍부 西風賦

서녘에서 불어오는 바람 속에는
오갈피 상나무와
개가죽 방구와
나의 여자의 열두 발 상무 상무

노루야 암노루야 홰냥노루야
늬 발톱에 상채기와
퉁수 소리와

서서 우는 눈먼 사람
자는 관세음.

서녘에서 불어오는 바람 속에는
한바다의 정신병과
징역 시간과

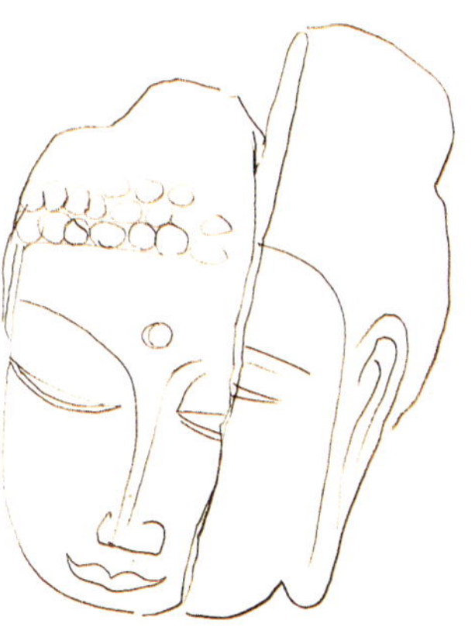

부활

내 너를 찾아왔다 수나叟娜. 너 참 내 앞에 많이 있구나. 내가 혼자서 종로를 걸어가면 사방에서 네가 웃고 오는구나. 새벽닭이 울 때마닥 보고 싶었다. 내 부르는 소리 귓가에 들리드냐. 수나, 이게 몇만 시간 만이냐. 그날 꽃상여 산 넘어서 간 다음 내 눈동자 속에는 빈 하눌만 남드니, 매만져 볼 머리카락 하나 머리카락 하나 없드니, 비만 자꾸 오고…… 촛불 밖에 부흥이 우는 돌문을 열고 가면 강물은 또 몇천 린지, 한번 가선 소식 없든 그 어려운 주소에서 너 무슨 무지개로 내려왔느냐. 종로 네거리에 뿌우여니 흩어져서, 뭐라고 조잘대며 햇볕에 오는 애들. 그중에도 열아홉 살쯤 스무 살쯤 되는 애들. 그들의 눈망울 속에, 핏대에, 가슴 속에 들어앉어 수나! 수나! 수나! 너 인제 모두 다 내 앞에 오는구나.

귀촉도

밀어密語

순이야. 영이야. 또 돌아간 남아.

굳이 잠긴 잿빛의 문을 열고 나와서
하눌가에 머무른 꽃봉오릴 보아라.

한없는 누예실의 올과 날로 짜 늘인
채일을 두른 듯 아늑한 하눌가에
뺨 부비며 열려 있는 꽃봉오릴 보아라.

순이야. 영이야. 또 돌아간 남아.

저,
가슴같이 따뜻한 삼월의 하눌가에
인제 새로 숨 쉬는 꽃봉오릴 보아라.

거북이에게

거북이여 느릿느릿 물살을 저어
숨 고르게 조용히 갈고 가거라.
머언 데서 속삭이는 귓속말처럼
물니랑에 내리는 봄의 꽃니풀,
발톱으로 헤치며 갔다 오너라.

오늘도 가슴속엔 불이 일어서
내사 얼굴이 모다 타도다.
기우는 햇살일래 기울어지며
나어린 한 마리의 풀버레같이
말없는 사지만이 떨리는도다.

거북이여.
구름 아래 푸르른 목을 내둘러,
장구를 처줄게 둥둥그리는
설장구를 쳐줄게, 거북이여.

먼 산에 보랏빛 은은히 어리이는
나와 나의 형제의 해 질 무렵엔,
그대 쇠먹은 목청이라도
두터운 갑옷 아래 흐르는 피의
오래인 오래인 소리 한마디만 외여라.

Whanki

무제無題

여기는 어쩌면 지극히 꽝꽝하고 못 견디게 새파란 바윗속일 것이다. 날 선 쟁깃날로도 갈고 갈 수 없는 새파란 새파란 바윗속일 것이다.

여기는 어쩌면 하눌나라일 것이다. 연한 풀밭에 베쨍이도 우는 서러운 서러운 시굴일 것이다.

아 여기는 대체 몇만 리이냐. 산과 바다의 몇만 리이냐. 팍팍해서 못 가겠는 몇만 리이냐.

여기는 어쩌면 꿈이다. 귀비貴妃의 못등 앞에 막걸릿집도 있는, 어여뿌디어여뿐 꿈이다.

꽃

가신 이들의 헐떡이든 숨결로
곱게 곱게 씻기운 꽃이 피었다.

흐트러진 머리털 그냥 그대로,
그 몸짓 그 음성 그냥 그대로,
옛사람의 노래는 여기 있어라.

오— 그 기름 묻은 머릿박 낱낱이 더워
땀 흘리고 간 옛사람들의
노랫소리는 하눌 우에 있어라.

쉬여 가자 벗이여 쉬여서 가자
여기 새로 핀 크낙한 꽃 그늘에
벗이여 우리도 쉬여서 가자

맞나는 샘물마닥 목을 축이며
이끼 긴 바윗돌에 텍을 고이고
자칫하면 다시 못 볼 하눌을 보자.

견우의 노래

우리들의 사랑을 위하여서는
이별이, 이별이 있어야 하네.

높었다, 낮었다, 출렁이는 물살과
물살 몰아 갔다오는 바람만이 있어야 하네.

오— 우리들의 그리움을 위하여서는
푸른 은핫물이 있어야 하네.

돌아서는 갈 수 없는 오롯한 이 자리에
불타는 홀몸만이 있어야 하네!

직녀여, 여기 번쩍이는 모래밭에
돋아나는 풀싹을 나는 세이고……

허이연 허이연 구름 속에서
그대는 베틀에 북을 놀리게.

눈섭 같은 반달이 중천에 걸리는
칠월 칠석이 돌아오기까지는

검은 암소를 나는 멕이고
직녀여, 그대는 비단을 짜세.

석굴암 관세음의 노래

그리움으로 여기 섰노라
조수潮水와 같은 그리움으로,

이 싸늘한 돌과 돌 새이
얼크러지는 칡넌출 밑에
푸른 숨결은 내 것이로다.

세월이 아조 나를 못 쓰는 띠끌로서
허공에, 허공에, 돌리기까지는
부풀어오르는 가슴속에 파도와
이 사랑은 내 것이로다.

오고 가는 바람 속에 지새는 나달이여.
땅속에 파묻힌 찬란헌 서라벌,
땅속에 파묻힌 꽃 같은 남녀들이여.

오— 생겨났으면, 생겨났으면
나보단도 더 '나'를 사랑하는 이

천년을 천년을 사랑하는 이
새로 햇볕에 생겨났으면

새로 햇볕에 생겨나와서
어둠 속에 나—ㄹ 가게 했으면

사랑한다고…… 사랑한다고……
이 한마딧말 님께 아뢰고, 나도
인제는 바다에 돌아갔으면!

허나 나는 여기 섰노라.
앉어 계시는 석가의 곁에
허리에 쬐그만 향낭을 차고

이 싸늘한 바윗속에서
날이 날마닥 들이쉬고 내쉬이는
푸른 숨결은
아, 아직도 내 것이로다.

골목

날이 날마닥 드나드는 이 골목.
이른 아침에 홀로 나와서
해 지면 흥얼흥얼 돌아가는 이 골목.

가난하고 외롭고 이즈러진 사람들이
웅크리고 땅 보며 오고 가는 이 골목.

서럽지도 아니한 푸른 하눌이
홑이불처럼 이 골목을 덮어,
하이연 박꽃 지붕에 피고

이 골목은 금시라도 날러갈 듯이
구석구석 쓸쓸함이 물밀듯 사무쳐서,
바람 불면 흔들리는 오막살이뿐이다.

장돌뱅이 팔만이와 복동이의 사는 골목.
내, 늙도록 이 골목을 사랑하고
이 골목에서 살다 가리라.

귀촉도 歸蜀途

눈물 아롱 아롱

피리 불고 가신 님의 밟으신 길은

진달래 꽃비 오는 서역西域 삼만 리.

흰 옷깃 여며 여며 가옵신 님의

다시 오진 못하는 파촉巴蜀 삼만 리.

신이나 삼어 줄걸 슬픈 사연의

올올이 아로새긴 육날 메투리.

은장도 푸른 날로 이냥 베혀서

부질없는 이 머리털 엮어 드릴걸.

초롱에 불빛, 지친 밤하늘

굽이굽이 은핫물 목이 젖은 새,

차마 아니 솟는 가락 눈이 감겨서

제 피에 취한 새가 귀촉도 운다.

그대 하늘 끝 호을로 가신 님아

　* 육날 메투리는 신 중에서는 으뜸인 메투리 중에서도 가장 아름다운 조선의 신발
이었느니라. 귀촉도는 항용 우리들이 두견이라고도 하고 솥작새라고도 하고 접동새라
고도 하고 자규라고도 하는 새가, 귀촉도…… 귀촉도…… 그런 발음으로 우는 것이라
고 지하에 돌아간 우리들의 조상 때부터 들어 온 데서 생긴 말씀이니라.

목화

누님
눈물 겨웁습니다.

이, 우물물같이 고이는 푸름 속에
다수굿이 젖어 있는 붉고 흰 목화꽃은,
누님
누님이 피우셨지요?

통기면 울릴 듯한 가을의 푸르름엔
바윗돌도 모다 바스라져 내리는데……

저, 마약과 같은 봄을 지내여서
저, 무지無知한 여름을 지내여서
질갱이풀 지슴길을 오르내리며
허리 굽흐리고 피우셨지요?

목화

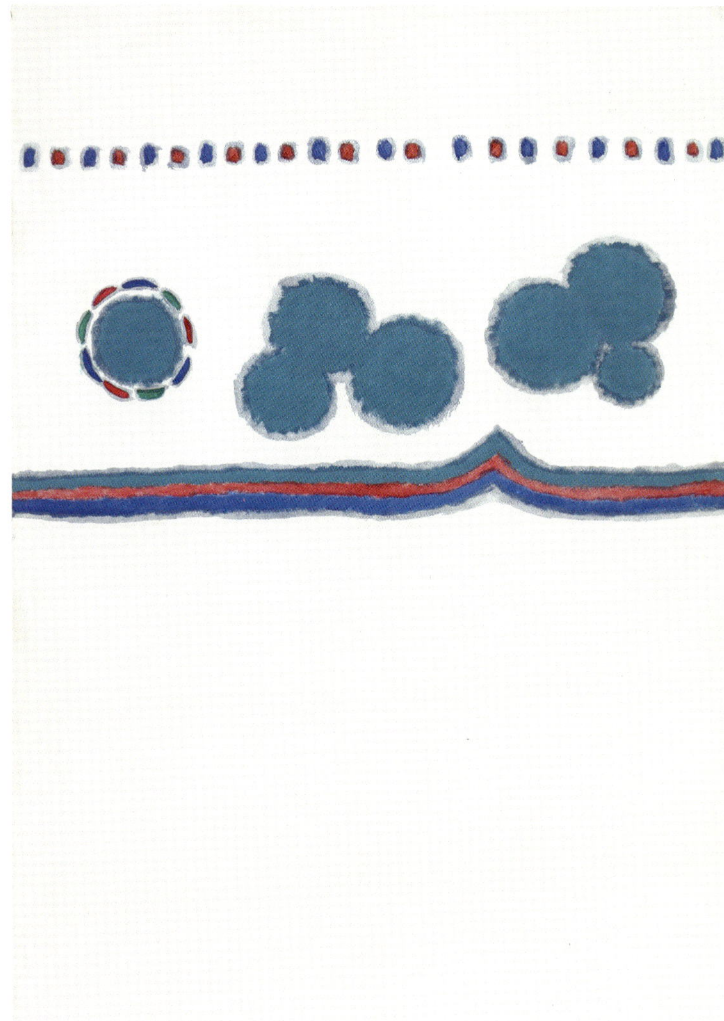

푸르른 날

눈이 부시게 푸르른 날은
그리운 사람을 그리워하자

저기 저기 저, 가을 꽃자리
초록이 지쳐 단풍 드는데

눈이 나리면 어이 하리야
봄이 또오면 어이 하리야

내가 죽고서 네가 산다면?
네가 죽고서 내가 산다면!

눈이 부시게 푸르른 날은
그리운 사람을 그리워하자

소곡小曲

뭐라 하느냐
너무 앞에서
아— 미치게
짙푸른 하늘.

나, 항상 나,
배도 안고파
발돋음 하고
돌이 되는데.

행진곡

잔치는 끝났드라.
마지막 앉어서 국밥들을 마시고,
빠알간 불 사루고,
재를 남기고,

포장을 걷으면 저무는 하눌
일어서서 주인에게 인사를 하자.

결국은 조끔씩 취해 가지고
우리 모두 다 돌아가는 사람들.

목아지여
목아지여
목아지여
목아지여

멀리 서 있는 바닷물에선
난타하여 떨어지는 나의 종소리.

멈둘레꽃

바보야 하이얀 멈둘레가 피었다.
네 눈섭을 적시우는 용천의 하눌 밑에
히히 바보야 히히 우숩다.

사람들은 모두 다 남사당패와 같이
허리띠에 피가 묻은 고이 안에서
들키면 큰일 나는 숨들을 쉬고

그 어디 보리밭에 자빠졌다가
눈도 코도 상사몽도 다 없어진 후
쐬주[燒酒]와 같이 쐬주와 같이
나도 또한 날아나서 공중에 푸를리라.

만주에서

참 이것은 너무 많은 하눌입니다. 내가 달린들 어데를 가겠습니까. 홍포紅布와 같이 미치기는 쉬웁습니다. 몇천 년을, 오— 몇천 년을 혼자서 놀고 온 사람들이겠습니까.

종보단은 차라리 북이 있습니다. 이는 멀리도 안 들리는 어쩔 수도 없는 사치입니까. 마지막 부를 이름이 사실은 없었습니다. 어찌하야 자네는 나 보고, 나는 자네 보고 웃어야 하는 것입니까.

바로 말하면 하르삔 시와 같은 것은 없었습니다. '자네'도 '나'도 그런 것은 없었습니다. 무슨 처음의 복숭아꽃 내음새도 말소리도 병病도 아무껏도 없었습니다.

국화 옆에서

무등無等을 보며

가난이야 한낱 남루에 지내지 않는다
저 눈부신 햇빛 속에
갈매빛 등성이를 드러내고 서 있는
여름 산 같은
우리들의 타고난 살결,
타고난 마음씨까지야 다 가릴 수 있으랴

청산이 그 무릎 아래 지란芝蘭을 기르듯
우리는 우리 새끼들을 기를 수밖엔 없다

목숨이 가다 가다 농울쳐 휘여드는
오후의 때가 오거든
내외들이여 그대들도
더러는 앉고
더러는 차라리 그 곁에 누어라

지어미는 지아비를 붏끄럼히 우리러보고
지아비는 지어미의 이마라도 짚어라

어느 가시덤풀 쑥굴헝에 뇌일지라도
우리는 늘 옥돌같이
호젓이 묻혔다고 생각할 일이요
청태靑苔라도 자욱이 끼일 일인 것이다

학

천년 맺힌 시름을
출렁이는 물살도 없이
고은 강물이 흐르듯
학이 날은다

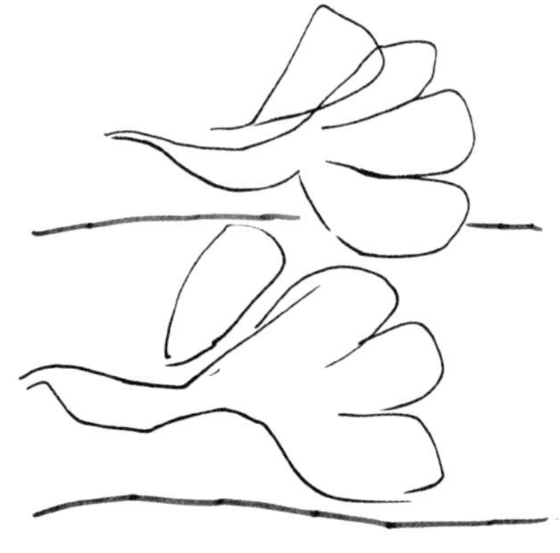

천년을 보던 눈이
천년을 파다거리던 날개가
또 한번 천애天涯에 맞부딪노나

산 덩어리 같어야 할 분노가
초목도 울려야 할 서름이
저리도 조용히 흐르는구나

보라, 옥빛, 꼭두서니,
보라, 옥빛, 꼭두서니,
누이의 수틀을 보듯
세상은 보자

누이의 어깨 너머
누이의 수틀 속의 꽃밭을 보듯
세상은 보자

울음은 해일
아니면 크나큰 제사와 같이

춤이야 어느 땐들 골라 못 추랴
멍멍히 잦은 목을 제 쭉지에 묻을 바에야
춤이야 어느 술참 땐들 골라 못 추랴

긴모리 자진모리 일렁이는 구름 속을
저, 울음으로도 춤으로도 참음으로도 다하지 못한 것이
어루만지듯 어루만지듯
저승 곁을 날은다

국화 옆에서

한 송이의 국화꽃을 피우기 위해
봄부터 솥작새는
그렇게 울었나 보다

한 송이의 국화꽃을 피우기 위해
천둥은 먹구름 속에서
또 그렇게 울었나 보다

그립고 아쉬움에 가슴 조이든
머언 먼 젊음의 뒤안길에서
인제는 돌아와 거울 앞에 선
내 누님같이 생긴 꽃이여

노오란 네 꽃잎이 필라고
간밤엔 무서리가 저리 내리고
내게는 잠도 오지 않았나 보다

아지랑이

아지랑이가 피어오른다
섧고도 어지러운 사랑의 모습처럼
녀릿녀릿 흔들리며 피어오른다

공덕동에 피어오르는 아지랑이는
공덕동에 사는 이의 사랑의 모습.
만리동에 피어오르는 아지랑이는
만리동에 사는 이의 사랑의 모습.

순이네가 사는 집 지붕 우에선
순이네 아지랑이 피어오르고
복동이가 사는 집 지붕 우에선
복동이네 아지랑이 피어오르고

누이야 네 수놓는 방에서는
네 수놓는 아지랑이,
네 두 눈에 맑은 눈물방울이 고이면
맑은 눈물방울이 고이는 아지랑이 피어오르고

'그립다' 생각하면
'그립다' 생각하는 아지랑이,
'아!' 하고 또 속으로 소리치면
'아!' 하고 또 속으로 소리치는 아지랑이,

아지랑이가 피어오른다
섥고도 어지러운 사랑의 모습처럼
녀릿녀릿 흔들리며 피어오른다

신록

어이할꺼나
아— 나는 사랑을 가졌어라
남 몰래 혼자서 사랑을 가졌어라!

천지엔 이제 꽃잎이 지고
새로운 녹음이 다시 돋아나
또 한번 나—ㄹ 에워싸는데

못 견디게 서러운 몸짓을 허며
붉은 꽃잎은 떨어져 나려
펄펄펄 펄펄펄 떨어져 나려

신라 가시내의 숨결과 같은
신라 가시내의 머리털 같은
풀밭에 바람 속에 떨어져 나려

올채두 내 앞에 흩날리는데
부르르 떨며 흩날리는데……

아— 나는 사랑을 가졌어라
꾀꼬리처럼 울지도 못할
기찬 사랑을 혼자서 가졌어라!

추천사 鞦韆詞

—춘향의 말 1

향단아 그넷줄을 밀어라
머언 바다로
배를 내어밀듯이,
향단아.

이 다수굿이 흔들리는 수양버들 나무와
벼갯모에 뇌이듯한 풀꽃데미로부터,
자잘한 나비 새끼 꾀꼬리들로부터
아조 내어밀듯이, 향단아.

산호도 섬도 없는 저 하눌로
나를 밀어 올려다오
채색한 구름같이 나를 밀어 올려다오
이 울렁이는 가슴을 밀어 올려다오!

서으로 가는 달같이는
나는 아무래도 갈 수가 없다.

바람이 파도를 밀어 올리듯이
그렇게 나를 밀어 올려다오
향단아.

다시 밝은 날에
―춘향의 말 2

신령님……

처음 내 마음은
수천만 마리
노고지리 우는 날의 아지랑이 같았습니다

번쩍이는 비눌을 단 고기들이 헤염치는
초록의 강 물결
어우러져 날으는 애기 구름 같았습니다

신령님……

그러나 그의 모습으로 어느 날 당신이 내게 오셨을 때
나는 미친 회오리바람이 되었습니다
쏟아져 내리는 벼랑의 폭포
쏟아져 내리는 쏘내기비가 되었습니다

그러나 신령님……

바닷물이 적은 여울을 마시듯이
당신은 다시 그를 데려가고
그 훠-ㄴ한 내 마음에
마지막 타는 저녁 노을을 두셨습니다
그러고는 또 기인 밤을 두셨습니다

신령님……

그리하여 또 한번 내 위에 밝는 날
이제
산골에 피어나는 도라지꽃 같은
내 마음의 빛갈은 당신의 사랑입니다

춘향유문 春香遺文

—춘향의 말 3

안녕히 계세요
도련님

지난 오월 단옷날, 처음 맞나든 날
우리 둘이서 그늘 밑에 서 있든
그 무성하고 푸르든 나무같이
늘 안녕히 안녕히 계세요

저승이 어딘지는 똑똑히 모르지만
춘향의 사랑보단 오히려 더 먼
딴 나라는 아마 아닐 것입니다

천 길 땅 밑을 검은 물로 흐르거나
도솔천의 하늘을 구름으로 날드래도
그건 결국 도련님 곁 아니예요?

더구나 그 구름이 쏘내기 되야 퍼부을 때
춘향은 틀림없이 거기 있을 거예요!

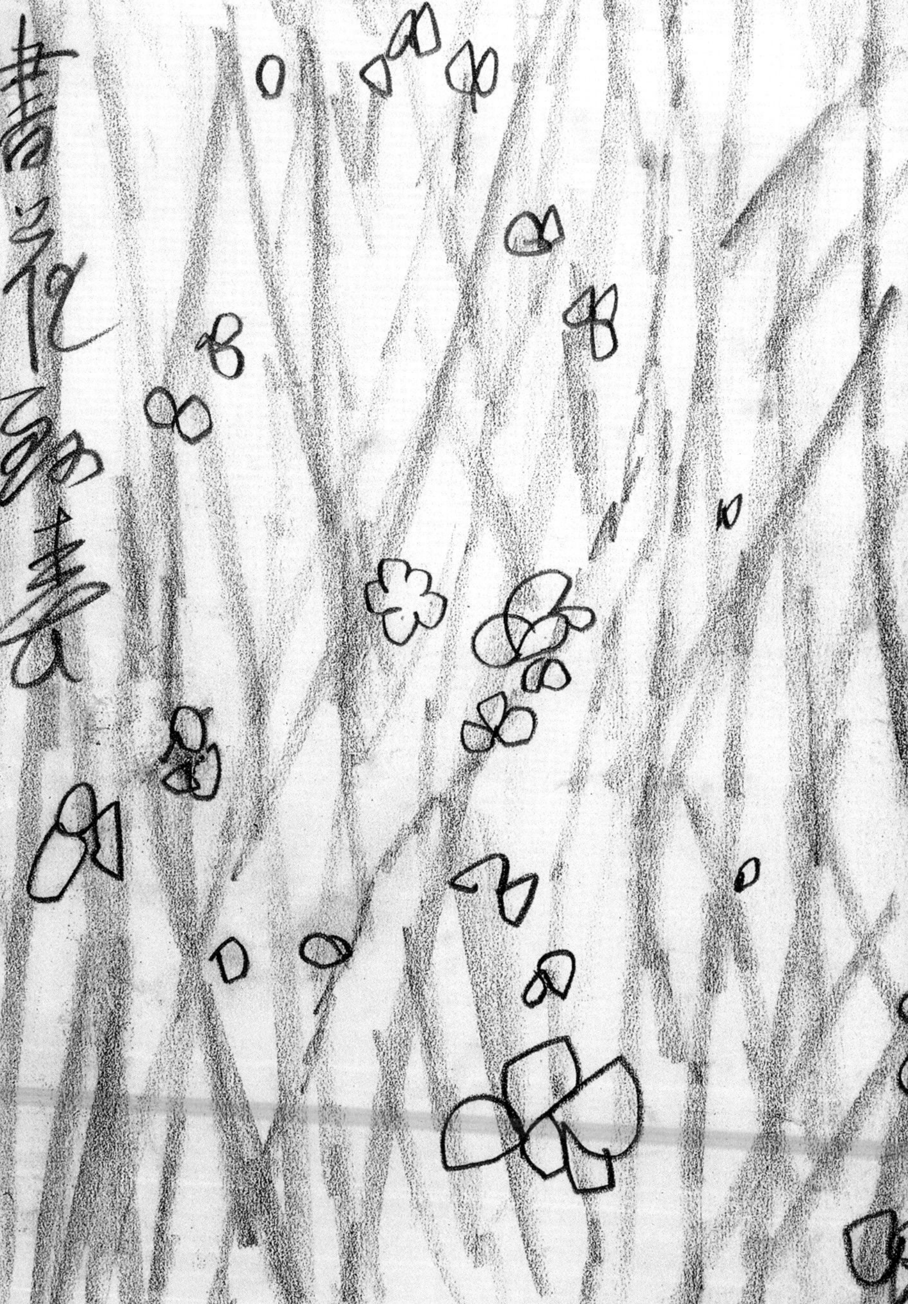

나의 시

어느 해 봄이던가, 머언 옛날입니다.

나는 어느 친척의 부인을 모시고 성城 안 동백꽃나무 그늘에
와 있었습니다.

부인은 그 호화로운 꽃들을 피운 하늘의 부분이 어딘가를 아시
기나 하는 듯이 앉어 계시고, 나는 풀밭 위에 흥근한 낙화가 안씨
러워 줏어 모아서는 부인의 펼쳐든 치마폭에 갖다 놓았습니다.

쉬임 없이 그 짓을 되풀이하였습니다.

그 뒤 나는 연년年年히 서정시를 썼습니다만 그것은 모두가 그
때 그 꽃들을 줏어다가 디리던— 그 마음과 별로 다름이 없었습
니다.

그러나 인제 웬일인지 나는 이것을 받어 줄 이가 땅 위엔 아무
도 없음을 봅니다.

내가 줏어 모은 꽃들은 제절로 내 손에서 땅 위에 떨어져 구을
르고

또 그런 마음으로밖에는 나는 내 시를 쓸 수가 없습니다.

풀리는 한강가에서

강물이 풀리다니
강물은 무엇하러 또 풀리는가
우리들의 무슨 서름 무슨 기쁨 때문에
강물은 또 풀리는가

기러기같이
서리 묻은 섣달의 기러기같이
하늘의 어름짱 가슴으로 깨치며
내 한평생을 울고 가려 했더니

무어라 강물은 다시 풀리어
이 햇빛 이 물결을 내게 주는가

저 멈둘레나 쑥니풀 같은 것들
또 한번 고개 숙여 보라 함인가

황토 언덕
꽃상여
떼과부의 무리들
여기 서서 또 한번 더 바래보라 함인가

강물이 풀리다니
강물은 무엇하러 또 풀리는가
우리들의 무슨 서름 무슨 기쁨 때문에
강물은 또 풀리는가

내리는 눈발 속에서는

괜, 찬, 타, ……

괜, 찬, 타, ……

괜, 찬, 타, ……

괜, 찬, 타, ……

수부룩이 내려오는 눈발 속에서는

까투리 매추래기 새끼들도 깃들이어 오는 소리. ……

괜찬타, ……괜찬타, ……괜찬타, ……괜찬타, ……

폭으은히 내려오는 눈발 속에서는

낯이 붉은 처녀 아이들도 깃들이어 오는 소리. ……

울고

웃고

수구리고

새파라니 얼어서

운명들이 모두 다 안끼어 드는 소리. ……

큰놈에겐 큰 눈물 자죽, 작은놈에겐 작은 웃음 흔적,

  큰 이얘기 작은 이얘기들이 오부룩이 도란그리며 안끼어
오는 소리. ……

  괜찬타, ……
  괜찬타, ……
  괜찬타, ……
  괜찬타, ……

  끊임없이 내리는 눈발 속에서는
  산도 산도 청산도 안끼어 드는 소리. ……

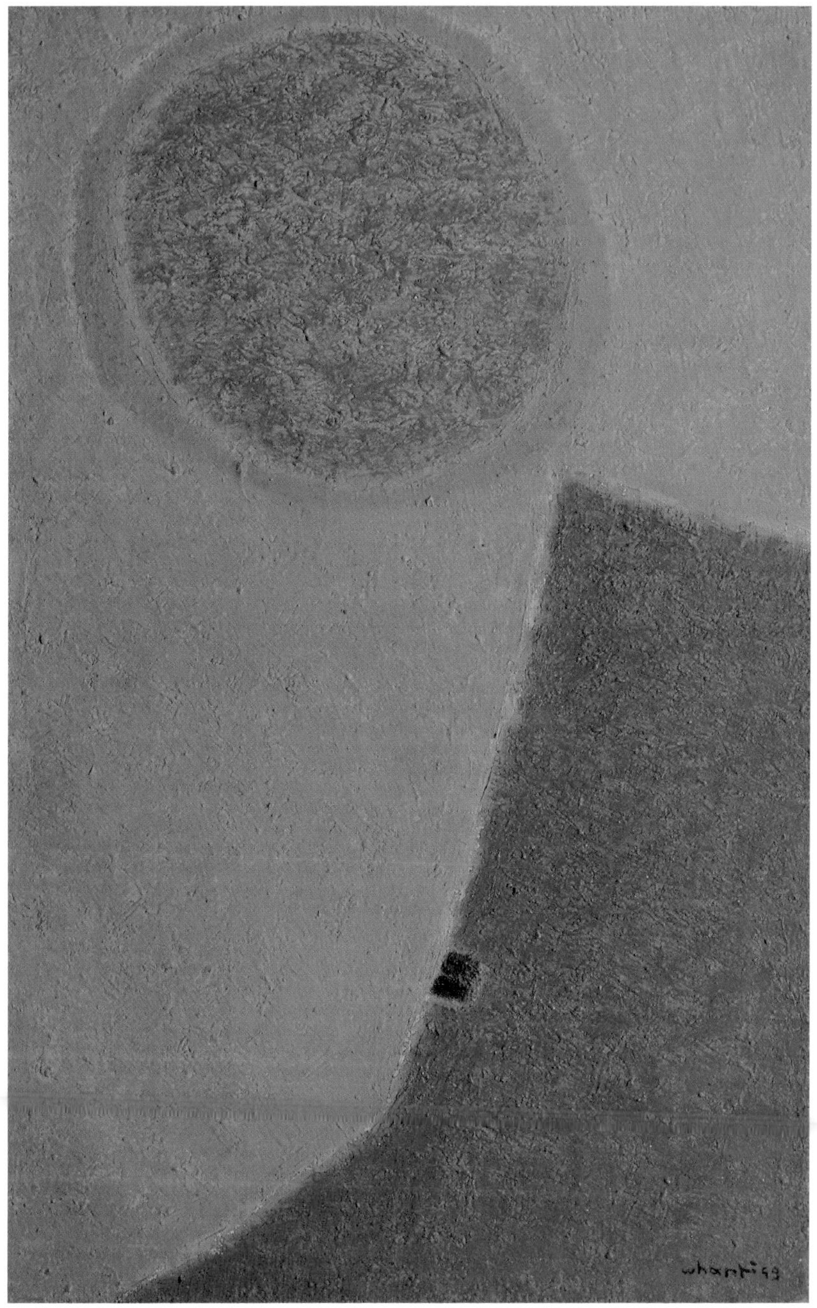

광화문

북악과 삼각이 형과 그 누이처럼 서 있는 것을 보고 가다가
형의 어깨 뒤에 얼골을 들고 있는 누이처럼 서 있는 것을 보고
가다가
어느새인지 광화문 앞에 다다렀다.

광화문은
차라리 한 채의 소슬한 종교.
조선 사람은 흔히 그 머리로부터 왼몸에 사무쳐 오는 빛을
마침내 보선코에서까지도 떠받들어야 할 마련이지만,
왼 하늘에 넘쳐흐르는 푸른 광명을
광화문―저같이 으젓이 그 날개쭉지 위에 실고 있는 자도 드
물라.

상하 양층의 지붕 위에
그득히 그득히 고이는 하늘.
위층엣것은 드디어 치―ㄹ치―ㄹ 넘쳐라도 흐르지만,
지붕과 지붕 사이에는 신방新房 같은 다락이 있어
아래층엣것은 그리로 왼통 넘나들 마련이다.

옥같이 고으신 이
그 다락에 하늘 모아
사시라 함이렷다.

고개 숙여 성 옆을 더듬어 가면
시정市井의 노랫소리도 오히려 태고 같고

문득 치켜든 머리 위에선
파르르 낮달도 떨며 흐른다.

whanki 69

입춘 가까운 날

솔나무는 오히려 너같이 젊고
스무 날쯤 있으면 매화도 핀다.
천년 묵은 고목나무 늙은 흙 우엔
난초도 밋밋이 살아 나간다.

2월

2월 새 하눌일래 대수풀은 빛나네.
햇빛에 도란도란 도란그리며
햇빛에 나즉히 노래 불러 올리는
아릿답고 향기론 처녀들이 크나니.

꽃 피는 것 기특해라

봄이 와 햇빛 속에 꽃 피는 것 기특해라.
꽃나무에 붉고 흰 꽃 피는 것 기특해라.
눈에 삼삼 어리어 물가으로 가면은
가슴에도 수부룩히 드리우노니
봄날에 꽃 피는 것 기특하여라.

무제無題

　오늘 제일 기쁜 것은 고목나무에 푸르므레 봄빛이 드는 거와,
걸어가는 발뿌리에 풀잎사귀들이 희한하게도 돋아나오는 일이다.
또 두어 살쯤 되는 어린것들이 서투른 말을 배우고 이쿠는 것과,
성화聖畵의 애기들과 같은 그런 눈으로 우리들을 빤이 쳐다보는
일이다. 무심코 우리들을 쳐다보는 일이다.

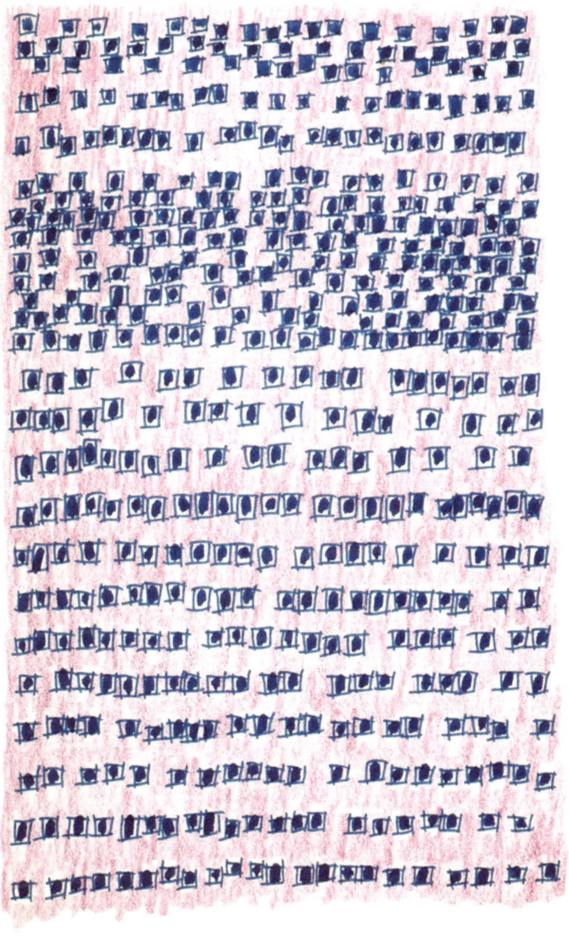

기도 1

　저는 시방 꼭 텅 비인 항아리 같기도 하고,
또 텅 비인 들녘 같기도 하옵니다. 하눌이여
한동안 더 모진 광풍을 제 안에 두시던지, 날
으는 몇 마리의 나비를 두시던지, 반쯤 물이
담긴 도가니와 같이 하시던지 마음대로 하
소서. 시방 제 속은 꼭 많은 꽃과 향기들이
담겼다가 비여진 항아리와 같습니다.

저는시방꼭텡비인항아리같기도하고또텡비인듯한것같기도
하옵니다 얼연한동안더모진狂風오로제왼
몇萬里로두시든지시방제반물이담기도까지와갇이하시든
지뜻대로하옵소서。시방제속은꼭맣은꼿파향기득
담겼다가비여진항아리와같습니다。
徐廷柱 詩
whanki
1954

기도 2

지낸밤 꿈에 나는 어느 산의 낭떠러지 아래
못물가에서 낯모르는 소년과 함께 바윗돌을
깔고 앉어 있었습니다. 못물가엔 한 그루의
감나무가 있어, 그 반쯤 붉은 뜨런 열매들을
물 우에 기울이고 있었습니다.

하눌이여 내 꿈과 생시는 늘 이와 같이 있
게 하소서.

상리과원 上里果園

　꽃밭은 그 향기만으로 볼진대 한강수나 낙동강 상류와도 같은 륭륭隆隆한 흐름이다. 그러나 그 낱낱의 얼골들로 볼진대 우리 조카딸년들이나 그 조카딸년들의 친구들의 웃음판과도 같은 굉장히 질거운 웃음판이다.

　세상에 이렇게도 타고난 기쁨을 찬란히 터트리는 몸뚱아리들이 또 어디 있는가. 더구나 서양에서 건네온 배나무의 어떤 것들은 머리나 가슴패기뿐만이 아니라 배와 허리와 다리 발꿈치에까지도 이뿐 꽃숭어리들을 달었다. 맵새, 참새, 때까치, 꾀꼬리, 꾀꼬리 새끼들이 조석으로 이 많은 기쁨을 대신 읊조리고, 수십만 마리의 꿀벌들이 왼종일 북 치고 소구 치고 마짓굿 올리는 소리를 허고, 그래도 모자라는 놈은 더러 그 속에 묻혀 자기도 하는 것은 참으로 당연한 일이다.

　우리가 이것들을 사랑할려면 어떻게 했으면 좋겠는가. 묻혀서 누어 있는 못물과 같이 저 아래 저것들을 비춰고 누어서, 때로 가냘푸게도 떨어져 내리는 저 어린것들의 꽃잎사귀들을 우리 몸 우에 받어라도 볼 것인가. 아니면 머언 산들과 나란히 마조 서서, 이것들의 아침의 유두분면油頭粉面과, 한낮의 춤과, 황혼의 어둠 속에 이것들이 잦아들어 돌아오는— 아스라한 짐삼이나 지킬 것인가.

하여간 이 한나도 서러울 것이 없는 것들 옆에서, 또 이것들을 서러워하는 미물 하나도 없는 곳에서, 우리는 서뿔리 우리 어린 것들에게 서름 같은 걸 가르치지 말 일이다. 저것들을 축복하는 때까치의 어느 것, 비비새의 어느 것, 벌 나비의 어느 것, 또는 저것들의 꽃봉오리와 꽃숭어리의 어느 것에 대체 우리가 항용 나 즉히 서로 주고받는 슬픔이란 것이 깃들이어 있단 말인가.

이것들의 초밤에의 완전 귀소가 끝난 뒤, 어둠이 우리와 우리 어린것들과 산과 냇물을 까마득히 덮을 때가 되거던, 우리는 차라리 우리 어린것들에게 제일 가까운 곳의 별을 가르쳐 뵈일 일이요, 제일 오래인 종소리를 들릴 일이다.

whanki 55

산하일지초山下日誌抄

어느 날 아침

나는 문득 눈을 들어 우리 늙은 산둘레들을 다시 한번 바라보았다. 역시 꺼칫꺼칫하고 멍청한 것이 잊은 듯이 앉어 있을 따름으로, 다만 하늘의 구름이 거기에도 몰려와서 몸을 대고 지내가긴 했지만, 무엇 때문에 그 밉상인 것을 그렇게까지 가까이하는지 여전히 알 길이 없었다.

허나 이튿날도 그 다음 날도 또 그 다음 날도 이것들이 되풀이해서 사귀는 모양을 보고 있는 동안 그것이 무엇이라는 걸 알기는 알았다.

그것은 우리 한 쌍의 젊은 남녀가 서로 뺨을 마조 부비고 머리털을 매만지고 하는 바로 그것과 같은 것으로서, 이 짓거리는 아마 몇십만 년도 더 계속되어 왔으리라는 것이다. 이미 모든 땅우의 더러운 싸움의 찌꺼기들을 맑힐 대로 맑히여 날아올라서, 인제는 오직 한 빛 옥색의 터전을 영원히 흐를 뿐인— 저 한정 없는 그리움의 몸짓과 같은 것들은, 저 산이 젊었을 때부터도 한결같이 저렇게만 어루만지고 있었으리라는 것이다.

Whanki 58

그러자 나는 바로 그날 밤, 그 산이 랑랑한 창으로 노래하는 소리를 들었다. 천길 바닷물 속에나 가라앉은 듯한 멍멍한 어둠 속에서 그 산이 노래하는 것을 분명히 들었다.

삼경이나 되었을까. 그것은 마치 시집와서 스무 날쯤 되는 신부가 처음으로 목청이 열려서 혼자 나즉히 불러 보는 노래와도 흡사하였다. 그러헌 노래에서는 먼 처녀 시절에 본 꽃밭들이 뵈이기도 하고, 그런 내음새가 나기도 하는 것이다. ─그런 꽃들, 아니 그 뿌리까지를 불러일으키려는 듯한 나즉하고도 깊은 음성으로 산은 노래를 불렀다.

안 잊는다는 것이 이렇게 오래도 있을 수 있는 일일까. 녹의홍상으로 시집온 채 한 삼십 년쯤을 혼자 고스란이 수절한 신부의 이애기는 이 나라에도 더러 있긴 있다. 허나 산이 처음 와서 그 자리에 뇌인 것은 그게 그 언제 적 일인가.

수백 왕조의 몰락을 겪고도 오히려 늙지 않는 저 물같이 맑은 소리─ 저런 소리는 정말로 산마닥 아직도 오히려 살아 있는 것일까.

이튿날.

밝은 날빛 속에서 오랫동안 내 눈을 이끌게 한 것은, 필연코 무슨 사연이 깃들인 듯한― 그곳 녹음이었다. 뜯기어 드문드문 한 대로나마 그 속에선 무엇들이 새파랗게 어리어 소근거리고 있는 듯하더니, 문득, 한 크낙한 향기의 가르마와 같이 그것을 가르고, 한 소슬한 젊은이를 실은 금빛 그네를 나를 향해 내어밀었다. 마치 산 바로 그 자기 아니면 그 아들딸이나 들날리는 것처럼……

| 산문 |

수화樹話 김환기

서 정 주

1941년이던가의 봄날 초저녁, 나는 그때의 내 시 친구인 오장환 군과 같이 서울 종로 3가의 어떤 일본식 '오뎅' 술집엘 들러 '마사무네'라는 술을 마시고 있다가, 마침 뒤미처 여기 나타난 청년 화가 김환기와 오장환 군의 소개로 초대면의 인사를 나누게 되었는데, 날씬한 6척 장신의 눈웃음이 좋은 이 젊은 호신사好紳士는 말수는 보통 사람들보다 훨씬 적은 편이었으나, 웃음소리를 낼 때는 그게 뼈에서 나오는 듯 깡치가 있어서 친근감을 느끼게 했다.

오장환 군이 "전라남도의 어떤 큰 섬의 왕자다. 부자야" 하고, 내게 귓속말로 가만히 알린 값에 어긋남이 없이 그는 그날 저녁 술도 톡톡히 우리한테 사 댔는데, 돈 가진 자가 이런 경우 흔히 보이기 쉬운 인색한 모양이나 우자 같은 걸 전혀 보이질 않아 그것두 적지 아니 이쁘게 느껴졌다.

“일본에서 ‘쉬르(쉬르레알리즘, 초현실주의)’를 하다가 왔다고 들었는데, 그런가?” 하고 내가 물으니, “쉬르 비슷하게 보이는가는 모르겠지만, 나는 그런 것하고 다르다”는 게 그의 선명한 대답이었다.

그러고 그는 이날 밤의 술자리에서 나와 오장환을 성북동 그의 집으로 꼭 찾아 달라고 초대를 했는데, 이건 그가 내 처녀시집 『화사집』에 호감을 가지고 있었기 때문이었던 걸로 안다.

그래 물론 나는 좋아라고 오장환과 함께 오래지 않아서 수화의 성북동 댁을 어느 저녁때 찾아들었는데, 우리는 여기 도착하기가 바쁘게 이 댁의 백일주百日酒에 흥건하기 비롯하여 이튿날 아침이 되도록까지 제정신을 차릴 수가 없었다.

이건 우리 쌀로 빚은 약주의 일종이기는 하지만, 백 일쯤을 삭여 만든 자마노빛의 혀에 쩝쩝 달라붙는 미주로서, 부귀한 집 사람들 아니면 좀처럼 입에 대어 보기 어려운 것이었다.

그래 이 술에 탐닉한 나머지 나와 오장환은 드디어 몽유의 상태가 되어, 그 댁으로부터 헤매 나와서 성북동 골짜기의 맑은 개울가의 어느 풀밭에서 잠이 들어 버렸는데, 날이 새어 눈을 떠 보니 언제 떠메다가 들여놓았는지 다시 이 댁의 사랑방에 늘어져 누워 있었다.

그래 비로소 수화 그가 마음 써 꾸민 새 살림집을 여기저기 살펴보게 되었는데, 내가 그때 감동한 것은 그가 가지고 있는 것들의 가치보다도 가진 것들을 참으로 잘도 배치 구성해 놓은 그 구성의 미묘한 아름다움 때문이었다.

이때 수화는 이조 백자들의 빛과 선과 형태의 지순한 미에 심취해 살았던 듯 많은 이조 백자의 대소의 항아리들과 병과 그릇들을 모아 놓았는데, 그것들을 아무렇게나 모아 두는 게 아니라 우물가에는 우물에 어울리는 것들을, 큰 나무 밑에는 큰 나무 그늘의 함축미에 어울리는 것을, 작은 나무 아래는 또 거기 맞는 것을, 호젓한 구석에는 또 그 호젓함에 어울리는 것을, 이렇게 두루 자연과의 선미한 대조의 조화를 늘 느끼고 생각해서 알맞게 배치하고 구성해 놓고 있어서, 내가 생각하는 시의 영상의 구성에도 상당히 일치되는 듯하여 감동하고 찬탄한 것이다.

나무와 달과 새 같은 걸 이조 백자 항아리와 조화시켜 그린 많은 그림들의 실제의 구성 연습을 이렇게 거듭거듭 하며 그는 이때 살고 있었던 것인데, 그 정신 상태는 노자나 장자 쪽에 많이 가까웠던 걸로 기억한다.

한 개의 군 정도는 되는 한 섬의 주인 지주였던 김환기는 1950년대 말기 무렵에는 그 재산이라는 걸 완전무결하게 다 깨

곳이 날려 없애 버리고 물로 씻은 듯 가난한 한 선비가 되어 있었다.

이 무렵 상도동의 비만 좀 오면 매우 질척거리는 황토지대에 궁거하던 그를 찾아가 보았더니, 맥주를 마실 유리잔도 없는 신세가 되어 있어서, 내가 가지고 간 맥주를 찻잔에다 나눠 마시고 둘이서 낄낄거려 댔던 게 기억이 난다.

사람들은 거의가 잘살다가 빈쭐쭐이가 되면 궁색해 보이는 게 통례지만, 수화는 그런 걸 타는 사람은 아니었다.

재산이 없어졌건 말건 그런 것과는 별 관계가 없이 그는 늘 말짱하고 평안하게 버틸 수 있던 사람이었다. 가난을 탓한다든지 짱짱거린다든지 그런 표정을 그는 한 번도 지어 보인 일이 없었다. 아니 오히려 가난이 심할수록 낄낄거리는 웃음소리가 더 이뻐지는 것이 그의 성질이었다.

도리어 이때 위로를 많이 받은 것은 나여서, 그는 내게 그림도 나눠 주고 내 시를 양껏 칭찬도 해 주고 했다. 그가 친구를 생각하는 정은 그렇게 바닥나는 일이 없이 극진키만 했다.

그는 그 뒤 내 큰자식 승해의 결혼식 때에는 그 애한테까지 정을 주어 '달을 에워싸고 한 쌍의 정신의 핏줄 좋은 학이 영원인 듯 날고 있는' 그림 한 폭을 그려 주기도 했었다.

꽤 오래 못 만나다가 1956년이던가 우연처럼 노상에서 만났는데, 그는 "자네의 「기도」라는 시를 그림으로 하나 그렸네" 해서, 그때부터 우리는 또 한동안 가까이 지냈다.

그러던 어느 날 그는 나보고 "머지않아 프랑스에 가서 한동안 지낼까 하는데, 거기 가면 자네 시들을 기어코 번역시켜 보일 작정이니, 좋은 걸로만 골라 한 권 노트해서 나한테 주게" 했는데, 이런 정의情誼, 이런 신념, 이런 단정斷定이 수화 그 사람의 외골수라면 무척 외골수인 사람된 모습이기도 하다. 자기가 좋다고 느끼면 세상은 두루 다 따라오려니 하는 것이 그의 이 무렵의 확신이었던 것이다.

그러나 그로부터 몇 해 뒤 그가 프랑스에서 다시 한동안 서울로 돌아와 있을 때 나를 만나 번역된 원고를 보여 주며 "서양 사람들은 우리하곤 생각이 다른 데가 있어. 가령 국화 같은 꽃도 우리하고는 달리 보고 있어. 무덤에 가져다 뿌리는 음산한 걸로……" 하던 것을 두고 다시 생각해 보면, 그는 서양 예술 애호가들의 감식안에 상당히 실망하고 있었던 것 같다.

"이게 아직도 출판할 때를 못 만나서 미안하네만, 뭣하면 그냥 내게 맡겨 두어 보게. 또 나는 곧 서양으로 갈 것이니, 설마 이걸 출판시킬 기회가 있겠지" 했다. 물론 그 후 그가 이걸 서양의 어디에서도 출판시키지 못한 채 미국에서 작고해 버리고 만

것은 누구나 잘 알고 있는 일이지만, 이렇던 사람이 또 김환기이다.

철저하기만 할 뿐 에누리나 단절을 모르는 그의 신념—그것은 친구의 역량을 그 나름대로 한번 믿으면 거기에서도 어떤 변덕도 가질 줄은 몰랐다.

그는 내 시를 좋아해서 편들어 한번 들고 다녔으니까, 사후에 넋이 있는 것이라면 아마 이걸 영원을 다하면서라도 그의 짐 한 귀퉁이에 끼고 다니며 사람들에게 또 권하고 있을 것이다. "나 보기엔 좋은데 어째서 자네들은 모르는가?" 하고.

그래 그는 그들 서양인들의 감식안을 계몽하러 재차 서양으로 건너갔다가 불귀의 객이 되고 만 것 아닌가?

수화 김환기는 비교해 말하자면, 옛날의 웃음 좋은 한 유도有道의 나룻배 사공 같은 데가 있던 사람이다. 옛날의 좋은 미국 대통령 링컨보고 그곳 시인 휘트먼은 사공이란 비유를 붙였지만, 링컨이 아직도 많이 찡그리고 살던 사공이라면, 수화는 찡그려야 할 일들도 모조리 다 낄낄낄낄 뱃살 좋은 웃음으로 대치해 버리고 살던, 햇볕 좋은 맑은 물가의 뱃사공만 같은 것이다.

선임도 늘 거의 받지 않고 사람들을 건네주면서, 오고 가는 사람들의 희로애락과 언덕배기의 싸리꽃 같은 것을 언제나 한

눈에 담고 늘 잔잔히 정미情味의 눈웃음으로 어루만져 주고 지내던 그런 옛 유도의 한 나룻배 사공 같은 것이다.

"여보소, 사공!" 하고 이켠 언덕에서 강물 너머를 보며 소리쳐 부르면, "어이! 곧 감세!" 하고 믿음직하게 소리쳐 대답하여 강산을 한결 더 다정히 아름답게 만들어 놓는 그런 사공. 꼭 그런 사공만 같은 것이다.

미국 뉴욕의 객사에서 그가 불귀의 객으로 숨넘어간 것도 나는 그런 정미의 유력함 때문으로 안다.

아직도 이해보다는 몰이해가 더 많은 서양 사람들에게 그는 그와 그의 고향의 우수함을 알려 계몽하지 않고는 견딜 수 없는 정신의 유력함과 또 타국에서 고향 그리는 사모의 정을 기르는 유력함 속에 고스란히 파닥거리며 날개 돋아 등선한 것뿐이니 말씀이다.

시의 그림들

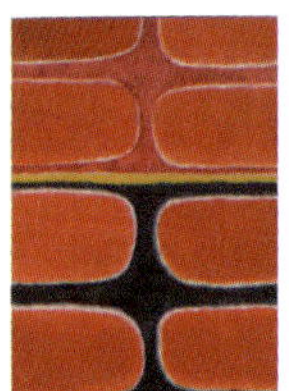

2-V-66, 1966,
캔버스에 유채,
177x127cm

무제, 1966,
캔버스에 혼합매체,
127x87cm

무제, 1952,
종이에 연필,
32x23cm

집, 1956,
종이에 펜과 수채,
14x10cm

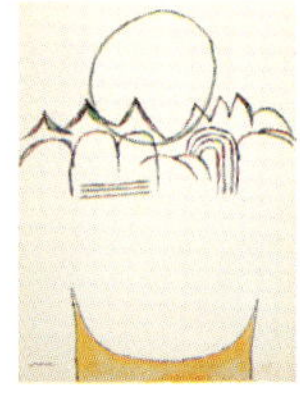

무제, 1959-63,
종이에 펜과 수채,
32x24cm

항아리와 매화, 1955,
캔버스에 유채,
66x91cm

영원의 노래, 1956,
캔버스에 유채,
50x100cm

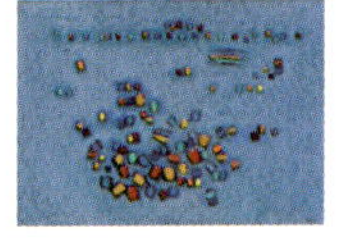

무제, 1967,
캔버스에 혼합매체,
127x177cm

에어 앤 사운드 I
2-X-73 #321, 1973,
코튼에 유채,
264x208cm

깨어진 불두, 1952,
종이에 연필,
29x41cm

성심, 1957,
보드에 유채,
46x27cm

써니 1-X-68 #38, 1968,
캔버스에 유채,
161x129cm

푸른 공간, 1952,
하드보드에 유채,
45x53cm

바람, 1952,
종이에 연필,
29x51cm

매화와 항아리, 1957,
캔버스에 유채,
55x37cm

9-XII-71 #216, 1971,
코튼에 유채,
127x251cm

부처, 1950년대,
나무판에 유채,
22x28cm

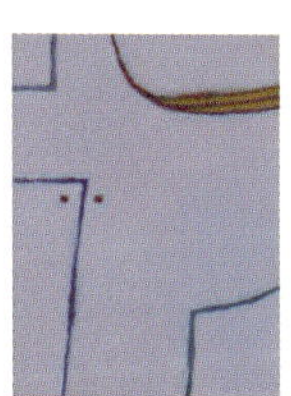

15-I-66, 1966,
캔버스에 유채,
133x102cm

달과 매화와 새, 1959,
캔버스에 유채,
100x65cm

25-III-69 #46, 1969,
캔버스에 유채,
178x125cm

20-IIII-70 #167, 1970,
캔버스에 유채,
211x148cm

25-I-68 I, 1968,
신문지에 유채,
58x38cm

산, 1957,
캔버스에 유채,
18x27cm

무제, 1959,
종이에 색펜,
27x20cm

12-V-70 #172, 1970,
코튼에 유채,
236x173cm

무제, 1972,
종이에 색연필,
31x23cm

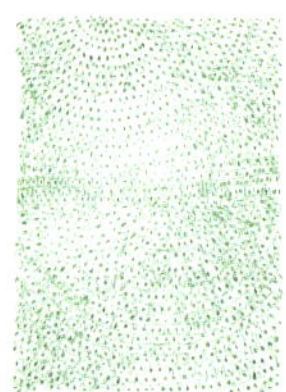

무제, 1971,
종이에 색연필,
28x22cm

9-Ⅶ-69 #84 Ⅱ, 1969,
코튼에 유채,
121x86cm

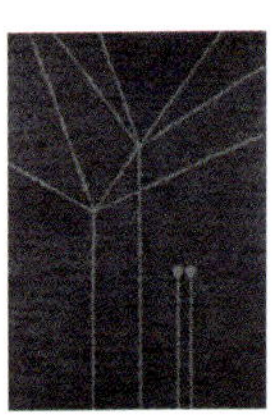

듀엣 22-Ⅳ-74 #331,
1974, 코튼에 유채,
178x127cm

서화도춘書花到春, 1952,
종이에 연필,
38x30cm

1-Ⅻ-71 #213, 1971,
코튼에 유채,
45x150cm

무제, 1969,
종이에 연필과 마커,
30x22cm

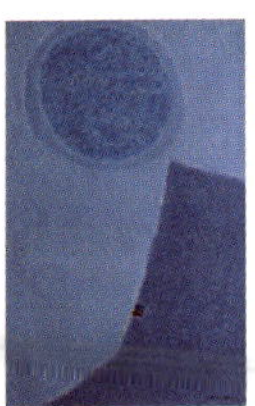

월광, 1959,
캔버스에 유채,
92x60cm

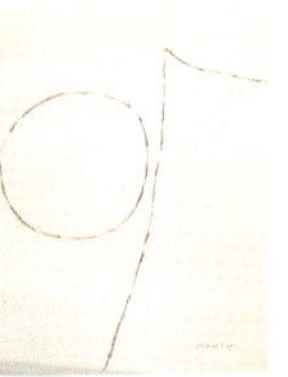

무제, 1959,
종이에 연필,
32x24cm

무제, 1971,
종이에 마커와 색연필,
28x22cm

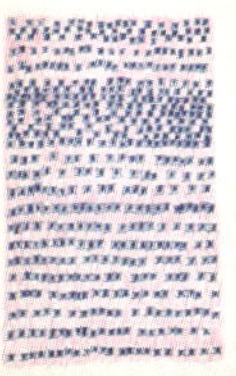

무제, 1970,
종이에 펜과 마커, 색연필,
28x22cm

항아리와 시, 1954,
캔버스에 유채,
81x116cm

항아리와 매화, 1958,
하드보드에 유채,
39x56cm

산, 1955,
캔버스에 유채,
65x80cm

산월, 1958,
캔버스에 유채,
130x105cm

무제, 1964,
종이에 과슈,
59x44cm

기타

항아리, 1956,
캔버스에 유채,
100x81cm

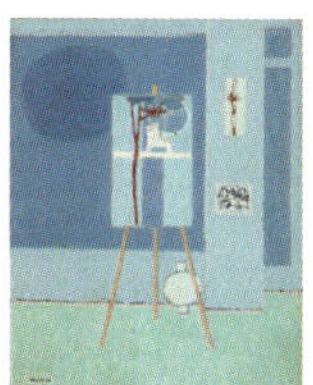

달밤의 화실, 1958,
캔버스에 유채,
98x79cm

그림이 있는 국화 옆에서

1판 1쇄 발행 2026년 4월 13일

지은이 · 서정주
그린이 · 김환기
기   획 · 동국대학교 미당연구소
            환기미술관
펴낸이 · 주연선

(주)은행나무
04035 서울특별시 마포구 양화로11길 54
전화 · 02)3143-0651~3 | 팩스 · 02)3143-0654
신고번호 · 제 1997-000168호(1997. 12. 12)
www.ehbook.co.kr
ehbook@ehbook.co.kr

ISBN 979-11-6737-646-6 (03810)

• 이 책의 저작권은 저작권자인 지은이와 (재)환기재단·환기미술관에 있습니다.
이 책 내용의 일부 또는 전부를 재사용하려면 반드시 저작권자의 서면 동의를 받아야 합니다.

• 잘못된 책은 구입처에서 바꿔 드립니다.